기획의 말

그리운 마음일 때 'I Miss You'라고 하는 것은 '내게서 당신이 빠져 있기(miss) 때문에 나는 충분한 존재가 될 수 없다'는 뜻이라는 게 소설가 쓰시마 유코의 아름다운 해석이다. 현재의 세계에는 틀림없이 결여가 있어서 우리는 언제나 무언가를 그리워한다. 한때 우리를 벅차게 했으나 이제는 읽을 수 없게 된 옛날의 시집을 되살리는 작업 또한 그 그리움의 일이다. 어떤 시집이 빠져 있는 한, 우리의 시는 충분해질 수 없다.

더 나아가 옛 시집을 복간하는 일은 한국 시문학사의 역동성이 드러나는 장을 여는 일이 될 수도 있다. 하나의 새로운 예술작품이 창조될 때 일어나는 일은 과거에 있었던 모든 예술작품에도 동시에 일어난다는 것이 시인 엘리엇의 오래된 말이다. 과거가 이룩해놓은 질서는 현재의 성취에 영향받아 다시 배치된다는 것이다. 우리는 현재의 빛에 의지해 어떤 과거를 선택할 것인가. 그렇게 시사(詩史)는 되돌아보며 전진한다.

이 일들을 문학동네는 이미 한 적이 있다. 1996년 11월 황동규, 마종기, 강은교의 청년기 시집들을 복간하며 '포에지 2000' 시리즈가 시작됐다. "생이 덧없고 힘겨울 때 이따금 가슴으로 암송했던 시들, 이미 절판되어 오래된 명성으로만 만날 수 있었던 시들, 동시대를 대표하는 시인들의 젊은 날의 아름다운 연가(戀歌)가 여기 되살아납니다." 당시로서는 드물고 귀했던 그 일을 우리는 이제 다시 시작해보려 한다.

기획의 말

그리운 마음일 때 'I Miss You'라고 하는 것은 '내게서 당신이 빠져 있기(miss) 때문에 나는 충분한 존재가 될 수 없다'는 뜻이라는 게 소설가 쓰시마 유코의 아름다운 해석이다. 현재의 세계에는 틀림없이 결여가 있어서 우리는 언제나 무언가를 그리워한다. 한때 우리를 벅차게 했으나 이제는 읽을 수 없게 된 옛날의 시집을 되살리는 작업 또한 그 그리움의 일이다. 어떤 시집이 빠져 있는 한, 우리의 시는 충분해질 수 없다.

더 나아가 옛 시집을 복간하는 일은 한국 시문학사의 역동성이 드러나는 장을 여는 일이 될 수도 있다. 하나의 새로운 예술작품이 창조될 때 일어나는 일은 과거에 있었던 모든 예술작품에도 동시에 일어난다는 것이 시인 엘리엇의 오래된 말이다. 과거가 이룩해놓은 질서는 현재의 성취에 영향받아 다시 배치된다는 것이다. 우리는 현재의 빛에 의지해 어떤 과거를 선택할 것인가. 그렇게 시사(詩史)는 되돌아보며 전진한다.

이 일들을 문학동네는 이미 한 적이 있다. 1996년 11월 황동규, 마종기, 강은교의 첫번째 시집들을 복간하며 '포에지 2000' 시리즈가 시작됐다. "생이 덧없고 힘겨울 때 이따금 가슴으로 암송했던 시들, 이미 절판되어 오래된 명성으로만 만날 수 있었던 시들, 동시대를 대표하는 시인들의 젊은 날의 아름다운 연가(戀歌)가 여기 되살아났습니다." 당시로서는 드물고 귀했던 그 일을 우리는 이제 다시 시작해보려 한다.

적멸의 즐거움

문학동네포에지 059

김명리 시집

적멸의 즐거움

시인의 말

나는 나의 시들이 더 낮은 포복으로 대지의 숨통에 깃들여져서 자잘한 한 포기의 풀이나 한 떨기의 꽃으로 환(幻)하기를 소망한다. 그리하여 나의 시들은 흙에, 나무에, 그것들이 소망하는 한줄기의 소나기에 닮아가려는 몸짓에 다름 아닐 것이다. 삶의 온갖 결여와 시시한 고집들과 더불어 앞으로도 나의 시들은 대지의 흡반에 골몰해갈 것이고, 끊임없이 순환을 거듭하는 저 신생과 훼멸의 신비에 이마를 맞댈 것이다. 뭇 새의 음계에서 뭇 나무의 음역까지 내 시의 목청은 오래도록 피흘릴 것이다.

1999년 10월
김명리

개정판 시인의 말

세번째 시집 『적멸의 즐거움』을 다시 세상에 내놓게 되었다. 햇수로 23년 만이다.

삶의 거개가 시로 수렴되던 시절에 쓰인 시편들이었으니 시집 속 몇 편의 시를 들여다보는 것만으로도 그 세월의 시공간이 시퍼렇게 되살아나며 심장을 찔러오는 듯하다.

『적멸의 즐거움』 해설을 썼던 문학평론가 김양헌 선생이 시집 속 63편의 시를 모두 외우다시피하며 각각의 시편들 속에 음각돼 있던 뭇 공간들을 한곳 한곳 찾아다녔노라고 하던 눈빛이며 목소리가 눈에 선하다.

그는 2008년 여름, 51세를 일기로 경상북도 영천 임고의 한 아름다운 도원에 육신을 눕혀 적멸의 세계로 들었다. 해마다의 봄이면 한잎 두잎 도화로 피어나 반공(半空)에 반짝임을 더하고 있을 그에게 이 소식을 전하고 싶다. 그에게 '적멸의 즐거움'이 진정 어떠한가를 묻고 싶다.

2022년 10월
김명리

차례

2부

3부

1부

비 오는 주막

비는 세상에서 제일 키 큰 사람
지친 새들이 가으내 끌고 오는 청람빛 하늘
가뭇없이 비 듣는 영월 청령포
목로에 지는 해
루핑 그늘 부서진 물받이 홈 속으로 기울여가며
세월의 몰약, 여기 침수된 허다한 나무등걸 위로
한정 없이 한나절 쏟아지는데
제에미, 해발 무한고도에 퍼지른 술청이여
저, 노래의 불안한 뒷덜미를 내 붙안으리니
정인인 양 부둥켜 이 길 서두르면
닿고 또 닿으리라
몰운대 맞은편 뙷봉의 환한 산그늘!

저무는 강물 위에

부들 헤집고
저무는 강물 위에 떨어지는 가을
바람이 거듭 그 현을 건드리니
저 합수하는 북한강에도 옛 가을이 와서
양수리 골골이 또다시 홍황이 불붙듯
단풍이 익었어요
해종일 불안한 낡은 거룻배를 저어가는
열 번은 몸이 죽고
남은 그 마음이 아직은 아니 죽어서
떠내려가는 물타래 꽃물 든 물타래를
시퍼렇게 힘차게 부둥켜안았어요
이렇게 다 늦은 저녁답에 퍼뜩 알아듣게
인기척이 오듯
저무는 강물 위로 툭, 하고 탁, 하며
저 잘 굳은 보랏빛 하늘에서
우연이듯 새파란 새똥 떨어지구요
강물 속으로 구부러진 강가의 나무는
늙은 잎사귀 대신 주렁주렁
말린 물고기들을 매달았어요
가지에서 가지 사이로 이따금
딸그락딸그락 그릇 씻는 소리, 물살을 치는 풍경 소리!

얼음 위에 내리는 눈

얼며 또 쌓이는 눈은
상처에 꿰매놓은 무수한 상처 같아
눈 내린 새벽
약숫물 길러 어머니 따라나선
뒤축 무너진 내 붉은 랜드로바
잘 빚어진 문명의 소리로 함부로 휘젓는 소리의 적설!
그래도 누군가는 제법 그 안이 보이게
소리는 숨어도
이쪽을 향하여 숨으려는 게지
눈 덮인 활엽수 새보얀 가지 사이로
선잠 깨인 뭇새 한 마리
무어라무어라
내 귀가 잘 알아듣지 못하게 지저귀면서
그예 더 높은 속엣가지로 푸드득 날아오른다

빈집

내가 왜 그 길로 들어섰던지
척산 앞바다의 빈집들
문고리 빗장에 헐겁게 질러놓은 녹슨 미제 자물통
안이 저대로 다 들여다뵈는
기울어가는 부엌 살강 위의 먼지떼
폴썩 주저앉은 평상 건너편 툇마루 벽에
1990년 2월의 설벽을 활강하는 스키어
어긋난 굴뚝 틈서리에 누군가 꽂아놓은 국기봉
뒤란에 뒹구는
기차표 어린이용 운동화 한 짝
8월 염천
그 어디 동지나, 남지나 해에서 불려온 바람에
텅 빈 마당귀 늙은 옥수수 댓잎들
저마다 끄덕끄덕끄덕…… 슬픔은
잠시 저 황량지몽의 먼지바람 속을 서둘러
애오라지 눈멀어 기름진 양식 광어회나 먹으려 가는지
어안(魚眼)의 해저 2만 리, 3만 리로부터 굽이쳐 들리는
삶의 연골들 커다랗게 또 한번 꺾어지는 소리

가을 수종사

두물머리 지나는 시월 산그늘은
산벚나무 키 큰 모롱이 돌고
돌배나무 때죽나무 젖은 모롱이 돌아
운길산의 작은 절 수종사에 머문다
수종사…… 해발 4백 미터에 핀
물봉선 진분홍 꽃잎 같은 절
우산(牛山)에 지는 듯
분수(汾水)에 흐르는 듯
두드리면 편시춘 한자락이 울려퍼질 것만 같은
파르란 단애의 종루에서
언뜻언뜻 저 밑 물마루 붉고 큰
두 가랑이 사이로 누군가의 전생이
물살의 훈김처럼 떠올라오고
맑은 속으로도 비 듣는 듯
가을산이 저 홀로 이슥토록 묵은 찻잎을 달이시는 듯
이내 속으로 흐르듯 잦아드는
안 보이는 옛님의 더딘 발걸음일랑
어느 경 어느 저녁
새푸른 녹유전(綠釉塼)*을 거니시는지!

* 법당 내부에 까는 벽돌로서 표면에 유액을 발라 녹색 광택을 냄. 아미타경에 보면 극락세계의 땅은 푸른 유리로 되어 있다고 하는데, 이 녹유전을 통해 극락정토를 희원한다 함.

봄밤의 수문을 열다

그 어떤 봄밤도 급류에 휩쓸리지 않는다
안팎의 서로 다른,
풍경을 흩뜨리는 삶의 때아닌 눈보라에
남은 온기를 내어주면서
복사 꽃멍울 속으로 마음의 못날이
가까스로 굽어드는데
헤매인 봄밤이여,
부딪는 적막 가로지르며
더디 아물고 쉬 덧나는 상처들이
울음 속으로
세월에 몸을 기댄다
봄밤, 더없이 깊어가는 운하의 어느 속으로
안개의 수문이 마저 열리고
바라보는 자의 조용한 고통이 나뭇가지를 흔든다
어둡도록 더 멀리
멎지 않는 밤의 잘못 접어든 틈서리로
무거운 꽃잎을 떨어뜨린다

물결들

금분을 두른 갈맷빛 나비 한 마리가
물봉선 꽃잎 속으로 들어간다
나무 그늘에 깃들여 산다 하는 그늘나비
석양 무렵이나
흐려 어두운 날에 날아다닌다는 그늘나비
날개에 여섯 개의 뱀눈 같은 점을 드리웠다
빗물 머금은
물봉선 꽃잎은 더 깊이
대지를 향해 늘어뜨려진 추!
물에 부푼 밥알 같은 고마리떼가 바람에 쓸리자
가는쑥부쟁이들이 발돋움하는 이곳
눈에 띄게 연애를 이끄는 것은 단연 물봉선이다
두드리니 연신 딸꾹질 같은
진분홍 종소리를 점액처럼 쏟아놓는다
그늘나비 날아간 쪽으로 바람보다 빠르게
몸이 휜다

냇물

지천의 봄빛들은 한결, 서쪽으로 떠서 동쪽으로 기우는 것 아닐까
젖은 산마루 눈 녹는 허리께에 비끼는 저 엷은 발걸음
겨우내 전나무 솔가지에 웅크리던 멧새떼
그 아래 너럭바위 음각된 반야경 한 소절 제 흥으로 웅얼대듯
오는 4월은, 우리 사는 마을의 꽃가루 암술 붉은 푸른 잎사귀에
접어둔 뭇 세간의 알싸한 소문들을 한달음에 퍼뜨리려 오지
내 사는 변두리 임대 아파트 손바닥만한 화단에도
모란, 작약, 떨기꽃들
색색의 고깔처럼 돋아오르니
지천의 봄꽃들, 수천 수만의 햇빛 알타리 녹아드는
저 음률, 저 탱탱한, 탱탱거리는 생명의 바알간 고명 속 좀 보아
우리 어느 날 덕소 못 미쳐 경기도 와부읍 율석리 백천정사
꽃그늘 분홍 물소리에 함께 발 빠뜨리고
추녀끝 그렁그렁 밤풍경 뱃놀이에 봄빛 여위는 줄 몰라
그러고 보면, 저무는 4월도 이리 우거진 봄빛도
왼갖 날것들이 물어다놓은 저 밤하늘
저 무한무한 반짝거리는 펑 뚫린 무한고도의 우중명월(雨中明月) 아닐까 몰라

율패교 지나서 스무여드레
지천의 봄빛들은 저다지, 저다지도 깊은 물소리로 떠서

물소리를 따라간다

마음이 물소리를 따라간다
옛 스님들 부도탑 장독간처럼 나란나란한
개심사 뒤뜰
저다지 환한 봄볕을 거느리려고
가지 속마다 속살거리는 밀회의 은빛 물소리를 거쳐
여기까지 끌고 온 상한 마음들
죄다 벗어버리려듯 마음이
물소리를 따라간다
발 앞이 미끄러지듯한 명부전에서
겹벚꽃 이파리 소낙떼처럼 후드기는 절마당까지
흐느낌이 길을 놓아
굽이치는 한 가닥 옥양목 수로를 만들었는가
아들의 영정 앞에 엎드린 늙은 육친이여
참척의
못다 쏟은 눈물이 여기 있으니
이 꽃 뿌리에서 저 꽃 가지에로 물소리
다만 물소리 한 가지로 물밀고 올라간다
캄캄한 이 봄날 겹벚꽃 꽃숭어리 흐드러진다

백천사 길

내토록 앓아 누웠다가
참으로 오랜만에 백천사 오르는 길
맑은 가을 산비알에 아닌 소나기 듣는다
풀 먹던 염소떼들 삽시간에 흩어지고
모퉁이 다랑논의 볏단들 비에 젖는다
사슴 목장 씨내리 종록은 때마침 발정기라
흥건한 붉은 울음이
단풍진 잣봉산 벚나무 끝자락을 뒤흔드는데
내 울음 속 고요하여도 나는 속진에 눈먼 사람
내 캄캄한 눈시울 한 점 청보랏빛 꽃등으로
가물거리는, 저기 저 산자락
단 한 채, 손바닥만한 지장보살전
아무리 서둘러도 법당 곁 샘터까지는
여기서부터도 길이 먼데
달려온 골짜기 얇은 계류가 앞질러 읊조리는
나무지장보살 나무지장보살
붉오동 젖은 잎사귀로 남은 비 그으며 뒤따르는
병 후의, 늦가을 백천사 길

흐르는 집

내 마음, 어떤
알 수 없는 비애를 떠받치려
사원의 두 기둥처럼
저만치 떨어져
서로 마주보고 섰네
못질 안 한 그 마음의 기왓장 밑으로
또 한바탕 비가
들이치네, 아닌 듯 즐겨
정정하다곤 해도
슬픔은 두 발이 함께 나아가는 것
우리 마음의 물불
뒤섞여 흐르는 그 아래,
헤쳐진 길들의
그 기슭에 녹아내리는
오라, 삶이라는 이름의 저 비등하는 외설
가득 살얼음 잡힌 물풀들
사이로 그 마음 굽이치네
떠내려가네

유수지, 봄

4월도 중순으로 접었다
황사 흙먼지 붉은 두려움들이 마을을 온통 비우는
모래의 집 들창문 새로 듣는 빗방울들
적멸을 향해 못내 나아가듯
꿈은 짧고 해는 기울었다
종내는 끌어들인 물이 내처 썩고 말았을
유수지, 이 거친 완강한 둑 아래 몸을 담그듯
겹쳐 흐르는 물밑 산 아래 산의 이정이
왜 한데 무너져오게도 보이는지
흙모래 고슴도치떼 여전 덮치고 웅성거리는
천변 버즘이며 쥐똥나무 숲 돌아나가는 물의 굽이에서
쑥부쟁이 참취 밤새 어질머리 깎아지른 낮은 등성이로
햇빛이 내동 물엿처럼 제 푸른 굽은 어깨를
끈끈히 감싸안을 때
보아라, 비 붓는 내리막 점점 활발히 기울어가며
내 오랜 누덕진 마음이 또다시 여닫는 세간

진눈깨비

마음이 또 저 부슬부슬거리는 진눈깨비를 어쩌지 못해
텅 빈 11월의 한 저녁에 홀로
비슬산 산자락에 가닿는다
홍류천 계류의 물빛은 이제는 제 몸 밖으로
죄다 떠내려가서
홍류천 붉을 홍자에 끝물 단풍 한 그림자가
이제 곧 길 떠날 정인인 양 마주 눕는다
여기서 끊어지는 길인 줄도 모르고
제 딴엔 오래토록 믿어 의심치 않았겠으니
떨어져나간 한 잎사귀여,
저 사무치게 합수하는 여느 바다에선들
몽매한 너의 기다림을
꽃처럼 붉은 마음이었다 아니 하겠느냐
잔뜩 웅크려 얼어붙은 산자락
쌀 씻고 내다버린 뿌연 뜨물 같은 길 위로
와락, 진눈깨비 쏟아진다

먼길

늦은 가을 저녁
대조루 편액 근처에서 엿듣는
전등사 범종소리는 뻘흙 빛깔이다
되짚어갈 길이 멀어서
조수처럼 밀며 써는 그 마음
눈앞 사라쌍수에 못내도 피맺히는
끌과 정, 망치질 소리
또다시
네 귀퉁이 춘설(春舌)*을 이고 선 여자의
벗은 눈 안으로
가을하늘이 젖은 풀씨처럼 들어가 박힌다
그 여자의 눈은 업경대처럼
사람의 맑고 흐린 지난 속을 되비춘다
목어와 법고와
낮은 해거름 사이
뒤돌아보면, 천년을 기어 뻘밭을 통과한
진흙게 한 마리
대웅보전 민흘림 두리기둥을
자욱한 범종 소리로 짚어오르고 있다

* 추녀.

밤바다, 그 울음의 지척

그 여름,
바람이며 물빛
몰아오던 파도 소리로 사립을 해 달은 바닷마을의
그 눈물겹게 달아오르던 민박집 문간방
경상도 사투리로 철썩이던
밤바다 파도 소리를 기억하지
졸린 눈에는 겹망사 푸른 면사포 같을 밤구름 아래
그 집 안마당 늦도록 물 듣던 수돗가까지
귀쌈 맞고 멱살 잡혀 새하얗게 끌려왔을 어린 파도
먹먹한 울음 끝 한쪽 귀 영영 놓아버렸을지도
어쩌면 내 마음 그토록 저물었던 그곳, 그 울음의 지척
깊게는 저 해연(海淵) 웅크린 소라 바지락 꼬막 속까지
곳곳 송곳니, 서슬 푸른 시간의 날랜 쇠고둥들 아니었으리
끝내도 못 떠나온 내 쓰라린 맨발 아니었으리

적념

비를 안고 가서 비를 안고 오는
사뭇 마음의 부리까지 죄 잠기는 겨울산 어스름
저녁도 다 깊어 마실 온 성긴 빗발 새로
구만리 서녘 비구름 짓찢으며
흩어졌다 모이는 한 마리 새 두 마리 새
바람은 산문의 헐은 문지방을 또 더듬어가며
얼어붙은 노래
천형의 구부러진 솔잎사귀 마른 억장 위로
무장무장 불어 쌓이는데
근도구천무곡처(根倒九泉無曲處)
세간유유칩룡지(世間惟有蟄龍知)*
아아 마음이 가 부딪는 마음
운문사 처진 소나무여
뒤틀린 뿌리 구천에 이르면 모두 사라진다 하네

* 소동파의 「회수(檜樹)」 중에서.

2부

배밭 속의 집

배밭 사이로
부서진 집이 보인다
웃자라 무성한 풀밭 위에 처박힌 빗물받이 홈통
얼룩덜룩 찢겨진 연분홍 매트리스
검자줏빛 무지개 속셈학원 끈 떨어진 가방
매일 이맘때쯤
모퉁이 수돗가에서 훌라후프 돌리던
웃음소리 새된 고 계집아이 보이지 않는다
햇빛 속으로 느닷없이
쏟아지는 매미 울음소리, 거뭇한 배 잎사귀 사이로
이제 막 단단히 여물기 시작한
꺼끌꺼끌한 배(梨) 거죽 위로 뚝뚝 듣는
신축 아파트 다용도실 난간의 싱크 물소리
석 달 전의 어느 밤 사이 허물어졌던
배밭 속의 집
마침내 폐기되는 서울 변두리
변두리 시민들 눈시울 짓푸르던
봄밤의 환한 배꽃잎, 꽃잎, 꽃잎
끝끝내 꽉 다문 울음 뒤로 비어져나오던
그날의 텔레비전 일일연속극 소리
배밭 사이로, 부서진……

배밭 속의 길

고사된 배나무밭 사이로 길은 사라지고 없다
이미 반년도 넘게 한쪽 옆구리가 기우뚱한
적산가옥이 한 채
한 겹의 얇은 슬레이트로
내려앉으려는 하늘을 간신히
떠받들고 있다
떠나가고 없는 사람들
죽은 나뭇가지에
여전히 매달려 있는 죽은 배나무 잎사귀들
쿵, 쿵쿵쿵
한때는 저 잘 익은 먹골배의 씨방 속에
한 종지의 설탕물처럼 제법 홍건히 깃들였을
두근거림 따위는
이제 완전히 사라지고 없는 것이다
누구든지 후려칠 기세로
앙상하게 배배 틀린 회초리 같은 배나무들
아직은 한 사나흘 더
죽은 나뭇가지에 악착같이
매달려 있는 죽은 배나무 잎사귀들!

눈길

어두워라, 그 집
퇴락한 문설주 기우는 솟을대문
안채로 접히는 짧은 뜨락의
자박 자박
자박
달빛 내려선 희보얀 버선발
초행인 듯, 저 아래
달무리 휘젓는 눈 그친 행길 가의
비켜, 괭이야
사람 그림자 비칠라

푸르른 밤

아무도 없는 집안에 불안처럼
화초가 자란다 시퍼런 저 안에
누군가 들앉아
이쪽을 향해 옥신각신 떠드는 소리
밤이면 악몽처럼 한란의 꽃대가 올라오고
창틀을 타고 우짖는 밤나방이 울음
저 오랜 울음의 마른 늪 속 같은
저 적요한 야광문자반의
비틀린 시곗바늘, 이따위 구겨지고
좀 슨 옷가지들, 쓰다 만 별사, 먹다 버린
항히스타민성 불안한 추억들이 환하게
몰약처럼 쏟아지는
저 원추리, 저 용담, 저 매발톱
오, 저마다 살아서 버둥거리는
저 붉은 광합성의 잇달아 돋아나는 입!
이 땅에 죄 지은 자 아무도
없는 집 안에 더 짙게 더 푸르게
화초들 화초들만 번성히 자라고 있다

대작

여태도 바람은 텅 빈 동네만 찾아다니며 부는지
중노인들 서넛 막걸리잔 오가는
돌루께마을 하나뿐인 가겟방 팽팽한 처마끝이
끊어질 듯 자지러질 듯 들썩거리고
그 곁, 제가 싼 똥무더기 위에 주질러앉아
일없이 움메거리는 젖소들 눈구녁에도
4월 흙바람은 넘나드는지
낙발 같은 그 큰 젖은 속눈썹이 꿈벅꿈벅
엊저녁에는 실연당한 아무개 집 큰애기가
비닐하우스에서 목을 매었다는데
쥐들도 새들도 쉿쉿 하는 가운데
가는 봄은 또 덤프트럭 몇 대 분량의
거친 흙바람을 쏟고 갈는지
어룽어룽 흙먼지 매운 눈물 속으로
에라, 목로에 걸치고 한잔 얻어 마시고 갈까나
황사바람이 기울이는 신 막걸리 한 사발

또 봄이 왔으니

담장 너머 이웃집에서들 겨울 김장독을 부시는가
진저리처럼 등뒤로 몰켜오는 알싸한 저 냄새
겨우내, 저이들 항아리 속의 들붙은 고춧물맛처럼
언젠가는 깜쪽같이 몸이 들떠서 돌아오지 않을
누군들 간이 더 깊기 전에
죄다 이대로 확 비우고 나앉고 싶을 마음
그 마음 배로 엎질며
또 봄이 오느니
캄캄해라, 세월의 싱싱냉장고 낮밤없이 돌아가는 그 속
지느러미 등속의 잘 굳은 냉동 어육들
죽어서도 때 절은 기억의 헐은 네 벽을 에워싸네
그 너머 어딘 듯 못내는 사그라질
꽃들은 또 어쩌자고 이 봄에 문을 여는지
춘삼월 달력 그림
물 건너는 한 떼의 비구니승 저물어가고
사람 사는 집집의 새로 돋는 분갈이 화초들
어린 이파리 앞다투어 봄물 어리네
어쩌면 그 봄물 절여 담으실
윤나게 닦아놓은 김장 항아리
겨우살이 한 해의 텅 빈 저 검은 구녁 속,
어른한 봄빛
오늘 넘치도록 물 담아 되비치는 먹장하늘!

붉오동 심은 뜻은

잔칫집의
잔칫상 둘러엎는 재미
부랴부랴 불난 집의
상수도관 터뜨리는 재미
구정물의 넥타르
오, 구더기의 암브로시아
말씀과 욕설
사정거리에 닿지 않는 축복의
그 사이
난데없이 기우는
살얼음 창살 밖으로
붉오동나무
첫 잎, 그 헐은 맨발이
무쇠하늘을 찌른다
오래오래 닫힌
네 안의
참 뜨건 눈시울 열어젖힌다

해미(海美)라는 이름

봄날 해미읍성 뒤뜰은
고양이 한 마리가 웅크리기에 가장 편안한 곳
떨어진 백목련 잎사귀 뒤에서 꼼짝 않는
늙은 고양이 한 마리를 나는 그곳에서 만났네
옅은 꿈이 기우뚱거리며 끌려나가서
앞뜰 회화나무 동쪽으로 뻗은 가지에
멋지 않는 전생의 산발한 머리채를 매달았을까
만곡처럼 휩쓸린 너의 등털 위로
햇빛은 그냥 지나가기만 할 뿐
바람은 스쳐 지나가기만 할 뿐
이제 내게 해미라는 이름은
고양이 뾰족한 등털 위로 가뭇없이 내려앉을
저 검은 백목련 잎사귀 한 장의 두려움일 뿐

가을나무의 말

맹세는 깨어졌다
그해 가을이 다 저물도록
오마던 사람 오지 않았다
멍투성이 핼쑥한 가을하늘이
기다리는 사람의
부러진 손톱 반달 밑에 어려서
반 남은 봉숭아 꽃물이
버즘나무 가로수
단풍진 앞자락을 좇아가는데
붉디붉은 붉나무
샛노란 엄나무
그 물빛에 엎어지는
저 또한 못 믿겠는 사람 심사를
목마른 가을나무들이 맨 먼저
눈치채지 않았겠는가

내설악 가을나무의 말

내설악 지나는 가을의
저 때깔 허물어진 다복솔 가지마다
솔잎혹파리 거친 흔적 역력합니다
나무의 벼랑이 단신(單身), 편족(偏足)의
무심한 발 아래 까마득하고
달을 가리키고 가리킨 손가락을 능히 잃어도 좋을
한때 은성했던, 시간의 제 푸른 물이끼 사이로 넌출 뻗는
내설악 해묵은 잔솔가지여
만산홍엽에 골 깊은 땅거미에
잔잔한 이파리 몇몇은
아직도 흔들리는 가지에 매달려 있어
슬픔도 더불면 송진의 혹파리들 봇물처럼 퍼올리는
저 마음의 단청!

리기다소나무

리기다소나무 붉은 잎새들이 흘러간다
백암준령 굽이굽이 저 너무 환해서 흐려지는 지척이랑
자욱 흙먼지 무너진 산길 돌아
발 잘못 헛딛은 우리들 삶의
찌든 안전선 밖으로
빈사의 나뭇잎들 몰켜 흐르고
그 굽이 엎드린 구름장들 해 다 저물어 기승하듯
가거라 가거라 리기다소나무
호령인 듯 내리 깜깜히 제 살 허무는 저 붉은 눈발

어흘리는 안개를 붙든다

어흘리는 안개를 붙든다
바람은 매양 어흘리 쪽에서 불어오지만
마을은 어흘리 밖으로 쉽사리
그 경계를 열어 보이지 않는다
어흘리는 어디 있는 것일까
분명 어흘리의 한 서너 마장 안쪽에서
한나절 때죽 끓이듯 안개의 무쇠 가마솥을 걸어놓고
느릅 당산목 우듬지 위로 몰려앉은 새떼들
훠이훠이 그 매운 연기로 대번에 날려보내려는 듯
오, 당최 눈 크게 부릅뜰수록
속이 안 보이는 저 울음
비 그친 산협의 안 보이는 저 울음 속으로 누가
다시는 되돌아오지 않을 발걸음 머뭇머뭇
옮겨가는지
가서, 가서는 영영 되돌아나오지 않는지
마침내 돌아보지 않는지!
품 안에 접은 산 해어름길 따라
희부윰 횡계 쪽으로 발 뻗어보는
어흘리, 안개 너머 안개에 흐르는 저 젖은 손목

겨울 제부도

어상(漁商)들도 제법 빠져나갔을 밀물 가까이
싸래기 눈발이 희끗희끗
비포장 해안도로와
문짝 달아난 텅 빈 간이 탈의실들
문패처럼 내걸린 서울민박 제부민박 파도민박
민박집 집집의 대문 앞까지
파도소리 부표처럼 흐르다 멎는
숨차게 달려와서는
여태도 뻘 앞에서 서성이는 저 검푸른 바다
목마르게 그리웠던 순간들조차 사뭇 어두워져서
밀랍 소조처럼 저물녘 파도 속으로 녹아드는
멀고 가까운 섬들
제부도, 너무 젖어서, 내 마음이
함부로 접어들 수 없는
바다 위의 한 점 푸른 낙과여
내가 사랑한 것은 너의 이름
저물어 돌아오는 푸른 물소리!

동해 일몰

모래톱을 허물며
한 떼의 군인들이 바다 동쪽에서 몰려온다
밀항의 꿈을 버린 지는 오래
이제 불심검문이 두렵지 않은 나이가 되었다
나는 성가신 해풍에 자주 성냥불을 놓치고
혓바닥에 알알한 모랫바람
상한 이빨 사이로 씹혀드는
단단한 모래알조차 그다지 쓰겁지만은 않은
굽이치던 청춘의 일몰 가까이
농어 민어 도다리 광어 우럭
횟집 여자는 들어서기 무섭게
손때 묻어 번들거리는 차림표를 내어놓는다
금 간 횟집 수족관 너머론 도무지 쓸데없는
희망의 내용들이 우글거리고
내 넘어온 미시령 굽이마다
잉걸처럼 되살아 부풀던 저 붉은 햇무리
동해 바다 시퍼런 파도 끝에 연신
자디잔 연분홍 재갈을 물리고 있다

오지리 벌말의 밤

오지리 벌말의 밤은 대낮보다 더 환하다
점심을 거르고 먹는 늦은 저녁
간 먹인 짭조름한 먹갈치 한 접시로 졸아드는
푸르디푸른 저녁 어스름이여
이 연한 비린내로 빠져나가는 가로림만
정처 잃은 한 무리 새떼들
맨살이 벌벌 떨리는 벌천포에서
밤늦어 어둑한 해서염전까지
곳곳 바람이 무너뜨린 빈집들
찢어진 미닫이 텅 빈 눈곱재기창마다
수북수북 가닿는 통방울 달빛
가슴 미어지게 맑은 오지리 벌말의 밤
갯물에 얼어터지고 갈라진 손이
달빛 속으로 쑤욱 건네는
찬 소주 한잔의 쓰라림이여!

들판에 서서

들판에 서서 들판의 끝을 바라본다
검댕이 묻은 겨울 갈대들이
해 지는 쪽으로 기우뚱 쓸려가며
빈 들판 가득 바람의 높새능선을 이루는데
그 능선 너머로 굽어드는 마음의 젖은 늑막
아아 아아아 환청인 양 까마귀 울음소리 깊게 맺힌다
여기는 들판 모퉁이에도 수차가 돌고
시든 라벤더 향기를 맡으려고
이국의 여인들이 몸을 수그리는 땅
저처럼 세상 날것들이 앞질러 제 땅을 질러가도
아픈 것들의 노래는
제 한몸도 마저 벗어나지는 못하는 것이어서
나는 길을 떠나와 이리 멀리 있어도
더욱 길 안에 닿지 않는 네가 가슴 아프다
마음 안으로 엎질러서
아무리 문질러도 잘 씻어지지 않는 서편 노을
어둡던 날일수록 더욱 또렷해지는
날들에 날들을 끝간 데 없이 포개어놓고
부표처럼 점 점 까마귀떼 날리는 저 허공
몇 사람이 드문드문 검푸른 적막처럼 버텨 서서
바람이 뜯어 날리는 들판의 텅 빈 자락을 들여다본다

3부

느릅나무 그늘

아주 작은 나무도 그늘을 만든다
분(盆)에 옮겨 심은, 손바닥만한
저 작은 느릅나무도
한 뼘 누옥의 제 그늘이 부끄러운 듯
해질녘이면 짐짓
제 그림자 위로 천천히
겹쳐진다는 것은 마침내
저다지 비워버린다는 뜻은 아닐까
느릅나무 잎새 속절없이 사라져가는
초하(初夏)의,
아무도 모르게 분으로 옮겨앉는
느릅나무 그늘

적멸의 즐거움

오대산 중대에 이르러서도 보지 못한 적멸보궁을
여기 와서 본다

위도 아래도 훌러덩 벗어던지고
삐걱대는 맨 뼉다귀에 바람소리나 들이고 있는 저
적멸

생각나면 들러서 성심을 다하여 목청껏 진설하는
물소리 바람소리 새소리
저 소리의 고요한 일가친척들

세상에 남루만큼 따뜻한 이웃 다시 없어라
몰골이 말이 아닌 두 탑신이
낮이나 밤이나 대종천 물소리에 귀를 씻는데

텅 빈 불상좌대 위
저 가득가득 옮겨앉는
햇빛부처 바람부처 빗물부처
오체투지로 기어오르는 갈댓잎 덤불

밤 내린 장항리
폐사지 자욱한 달빛 진신사리여!

꽃그늘 사이로

저 길 끝에는 무엇이 있는지
길을 따라 계속 오르다보면
'수효사'라고, 낮은 푯말이 벚나무 아래 기우뚱하고
웃자란 억새풀들 사이로 진노랑부리 새 한 마리
어디로 가나 내가 어디로 가나
아까부터 초조히 엿보는 듯한데
비 온 뒤끝이라 발아래 뭉클한 붉은 진흙 고랑
기울어진 마름모 비뚜름한 세모
또 저 파랗고 길둥근 네모 꼴들로
하늘을 분할하는 빛나는 벚나무 나뭇가지들
나뭇잎 푸른 귓전을 이명처럼 적시는
저 맑고 통통한 소리소문들
들리는 말로는 그 절이 사라졌다고도 하고
또 들리는 말로는 그 절이
아직은 거기에 있을 거라고들 하는데
빙 둘러친 입산 금지 철책 꺾어진 틈
거기 휩싸인 싸아한 벚꽃잎 벚꽃 향기 틈으로 보면
멀리 희끄무레 단청 흩어진 수효사!
어느 사이 내 삶에
벚꽃 잎사귀만한 꽃그늘이 들어오는지
자욱이 내 눈물샘으로 뛰어드는 하루 하루살이떼들

배롱나무

싸리비 자국 선연한 그 절집 마당을 기억하지
그때 내 나이 열세 살
드리운 배롱나무 꽃그늘에 기대앉아
노스님이 짚어주시는
천수경 한글본을 따라 외었지
그 깊은 뜻이야
어린 속셈이 알아차릴 리 없었겠지만
나는 절 마당에 낭랑히 울려퍼지다
배롱나무 붉은 꽃숭어리에 흠뻑 맺혔다
울긋불긋 되돌아오는 내 목소리가
마냥 좋았지
여름 한낮
짓궂은 공양주 보살 아주머니가
들려주시던
박사고깔 불보살님 티끌 이야기는
멀리 계신 엄마 생각도 잠시나마
잊게 해주었지
배롱나무 꽃그늘에 기대앉으면
꽃피고 꽃 지는 소리가 더 잘 들렸지
구름 가는 소리 더 잘 들렸지

소리에 귀를 베이다

바람 부는 벌판을 걸어가면
걸어가는 내 귀가 풍령 소리를 낸다

발아래 가득한 기와 와편들
풀 먹는 염소떼
당간지주 끝에 올라앉은
꽁지가 샛노란 새 한 마리
모두들 고만고만한 제 초록 귓바퀴로
제 귀가 아니고는 잘 알아들을 수는 없을
풍령 소리들을 낸다
지금은 사라진 폐사지 보원사
느릿느릿 물소리를 밟고 흐르는
초여름 양떼구름
바람 부는 벌판을 저 먼저 앞지르려고
햇빛 속을 모두들 숨가쁘게 뛰어가는 소리
토끼풀 애기똥풀 쥐오줌풀 강아지풀
갖은 풀잎들도 저마다 물색 고운 풍령소리를 낸다
안 보이는 요사채 저무는 댓돌 앞에서
저이들 저마다 제 귀를 베어내고 듣는 풍령 소리!

운주사 와불의 눈

와불의 눈은 낮밤 없이
하늘을 향해 열려져 있다

와불의 눈 속으로 별빛은
운석처럼 떨어져 와 박히고
와불의 눈 속으로 일몰은
불덩이 같은 꽃잎을 쉴새없이
쏟아붓는다

빗소리 머금은
와불의 눈 속으로
바람에 불어든 잎갈나무 잎새 한 장
다랑이 논배미 같은
와불의 눈썹이 반짝하는 사이

협곡의 웃자란 소나무숲 등성이
불두만 남은 불상 하나가 잽싸게
불신만 남은 불상의 아랫도리더러
무어라무어라무어라 속살거린다

제법 양지바른 곳이라 둘이 함께
막 움트기 시작한 새파란
어린 순 하나를 내려다본다

눈 녹는 너릿재 너머
용강리 들판까지
천불산 겨울 뭇새들도
와불의 눈 속에서
붉게 언 발들을 녹이고 간다

풀잎 속의 방

벌레들은 풀잎에 방구들을 들이는지
그 방구들 연초록 좁다란 아랫목에서
가쁜 숨 몰아쉬며 사랑들 나누는지
비밀스레, 비밀스레 접혀진 풀잎사귀마다
저렇듯 발긋발긋 슬어놓은 알들이라니!
풀잎의 방구들 녹아날 듯
햇빛에 몽싯거리는
저 여린 목숨들
저 바알간 몽싯거림 안으로 어느 날 문득
애벌레의 길이 잦아들리
멀고먼 배추밭
깜깜한 속대까지 길이 열리리

어라연 여울목에는

어라연 여울목에는 어름치들이 산다네
백설기 두툼한 얼음 이불 아래
한겨울 지새워 사랑을 하고
밤꽃 향 도도한 봄밤이면 아무도 모르게
산란탑을 쌓는다네
강원도 영월군 동강 상류 어라연
입 몸통 지느러미에 희끗희끗 저마다의
추성*을 달고
수심에 꽂힌 겹겹 능선
산란기 어름치들이 사나흘 밤들이로
돌탑을 쌓는다네
댐이 생긴대니 어디로 가나
잔여울이 사라지면 어디로 가나
농붉은 아라리 빗물도 비스듬한 자드락 밭뙈기
밤새워 휩쓸고 간 장대 빗줄기에도 아랑곳없이
어라연 여울목 어름치 치어들이
오렌지빛 봉긋한 입술을
쪽쪽 내민다네

* 산란기에 입, 몸통, 지느러미 등에 생기는 흰 돌기.

소나기떼

발밑이 왜 이리 소란스러운가
문득 산비둘기 울음 그친 고요한 대낮
부러진 아카시아 고사목 아래
흙모래 자갈 구덩이를 헤치고 나온
한 무리의 보랏빛 개미떼들이
와글와글 들끓는 일렬종대로
영원(英園)* 사이로 난 오솔길을 가로지른다
그들이 이르려는 곳은
어디일까, 취객의 몽롱한 비틀걸음으로
어느새 사람의 발자국 위를 새카맣게 기어오르는
꼬리에 꼬리를 잇는 저 검은 대오!
숲이 기르는 이 야생의 리듬을
나는 본다
들끓는 소리의 뒷전에 웅크리고 앉아
나무와 나뭇잎 사이
보이지 않는 새가 허공에 되쏘는
소리의 파문을 나는 읽는다
바람보다 빠르게 허공에 새겨지는 발톱 자국
바람에 삐걱이며
서서히 낮게 드리워지는 뭇 새들의 환호성!
그 사다리를 타고 돌연
개미 개미 개미떼들이 비상한다
이 신비는, 에나멜을 벗긴 전라의 봄하늘에
또 한차례 용연향을 지핀다

하늘에 뿌려진 무수한 새 발자국을 밟아 오르는,
리듬의 맨살을 무방비로 뚫고 들어가는,
과연 소나기가 한차례 굵게 퍼부으려는 겐지
내 머리 위를 45도 가량 남동쪽으로 비낀
월문리 저쪽 하늘이 시방
보랏빛 개미떼들로 와글와글하다

* 조선왕조의 마지막 황태자인 의민 황태자 이은(李垠) 공과 그 비(妃)의 원소(園所), 경기도 남양주시 금곡에 위치.

능소화 꽃핀 그 마을을 돌아나올 때

능소화 꽃핀 그 마을을 돌아나올 때
세상에 다시 없는 그 빛깔
능소화 꽃그늘에 내 마음 깊이 찔립니다
어딘지 눈먼 사람 둘이서 두런두런
손잡고 짚어오는 빗길 신작로에
능소화 꽃그늘 제 먼저 달려가 앞장섭니다
중복을 사나흘 앞둬
찻잎이 따갑게 익어가는 화순 만수동
동구로 들어서는 샘물가에는
항문을 마을 어귀로 둔 오리가 다섯 마리
콧날이 시큰대게 어여쁜 솟대들이
소나무 끝 가파른 장대 위에서
어여 와 어여들 오랑께
잘 익은 남도 사투리로 엉덩이를 들썩거립니다
하늘수박 새초롬한 울바자 위에
백아산 산그늘이 육자배기로 얹히던
내 이틀을 청하여 묵은 마흔 동갑내기 재철씨 집
하룻밤은 맑았고
또 하룻밤은 비 왔더랬습니다
시절화국(時節火局)의 저 잉걸빛 우거진 녹음 속으로
밤늦도록 푸른 비 듣는
가수리 만수동 능소화 꽃그늘 깊어갑니다

고달사 빈 절터에 누가 사나

아름드리나무는 스러지고
오래된 무덤들은 소리 없이 기울어가고
아직은 귀때기 시퍼런 동자승인 내가
엷게 뜬 반달 위에 걸터앉아 내려다보는
해거름 고달사 빈 절터에
고무신 끌리는 소리 바랑 삭아가는 소리
허공에 붙박인 저 낡은 경첩들
웃자란 잡풀 위로 무시로 꽈당 넘어지는 소리
이끼 낀 부도탑 큰스님들 돌아앉아
경을 읽으시는지 경을 치시는지
문화재 발굴단들 죄다 돌아간
백중날 절터에 모처럼 큰비 듣는 소리
오랜만에 크게 하늘 구멍 열리는 소리
늙다리 공양주보살 절 비운 지 오래여도
고려사 떡시루에 무럭무럭 큰 김 오르는 소리

등대

하리(下里)에서는 등대가 보이지 않는다
호박잎 여뀌 강아지풀이 여기까지는
따라오지 않는 일몰의 땅끝
웬 늙은 사람이 밀짚모자에 감발 차림으로
가랑비 이는 물풀 사이 붉은 뻘밭에 섰다
남 모르는 근심이 있는 듯
진흙 묻은 손이 또 한차례 가슴께를 훑다간
이내 뻘 쪽으로 굽는다
그의 웅크린 등을 가만 스치고
바람은 자꾸만 내 쪽으로 부는데
녹슨 자전거 체인에 엉키는 이것들
갯바람에 자주 넘어지는 이것들
목젖을 비집고 올라오는 쓰라림
넘어진 낡은 자전거를 일으키느라
내 눈알이 거듭거듭 진흙먼지에 휩싸이는 동안
등대, 밀려가고
밀려오는 질펀한 시간의 뻘 위로
몸이 세우는 등대
마주보면 인간의 불빛이 녹음처럼 스며오는
일몰의 땅끝 이곳 하리에 붙박여 서서

다시 부르는 노래

나 너무 오래 길을 돌아온 것 같지
정적은 우물 속처럼 검고 깊어
내 스미어온 이곳,
갈잎 오동잎 그림자 져서
젖은 발 아래 삐걱이는 빈 배 한 척

나 너무 오래 눈물이 발등에 꽂히던 시절
하룻밤, 메마른 한나절의 식탁을 위해
그 때절은 가로(街路)의 무성한 나뭇가지들
단 한차례 우레의 몸서리로
제 가진 잎새들 죄다 떨구었었네

내 몸의 안팎으로 또다시
저 기울어오는 것들, 비누거품처럼 환하게
아직도 손아귀에 남아 있는 체온
거뭇거뭇한 산등성이를
교외선 순환열차가 뿌리치듯 돌아나가지만

파묻힌 상처 되돌릴 수 없는 추억들을 위해
노래는 다시 시작되지
저 어둠들을 비추기 위해
겨울산 바위 벼랑끝은 저다지 환하고
그토록 오래 내 머리 위
푸르른 차양처럼 드리우던 구름!

사랑의 길

사위는 고요해, 마른기침 소리
당신은 비 그친 다락에서
나는 또 풀섶에서
낭창한 달빛 계면으로 흐르는 젓대 소리

손 맞잡고 두 눈 감아야 맡아지는 자운영 꽃향기
오래 멎었다 뱉는 숨
산마을 저녁 이내 푸르러 희부윰 잦아드는 숲

당신은, 보이지 않는 눈물이야 빛바랜 서까래도
기우뚱 젖은 들보도
너 거기서는 잘 안 뵈는 내 외눈물
우리 사랑은 저리 오래된 귀면
무서리 무서리 내 외눈물로 빚은 집이야

슬퍼 말어 내 곱사등 울지 말어 내 언청이
이녁 들앉힌 내 마음 산빛 고우니

부들 숨은 늪 위로 노랑어리연꽃 핀다
달빛 휩쓸린 줄 부들 갈대

또 사람과 사람의 저 연노란 틈서리
상기도 맑게맑게 노랑어리연꽃 핀다

저 봐라 차렵이불 같은
가을밤 원앙금 차렵이불 같은
뭇별이 흘러오고
은하수 여울목 숯덩이 같은 해가 떠내려간다

낙수

뜬눈으로 어머니 물레 잣는 모습 뵌 적 없다
저무는 속으로도 훠이훠이
내 섣부른 생각의 비탈길 살펴주시고
여즉도 당신 생애의 호젓한 물레
휘감긴 거미줄 끊어내는 법 없어
어머니 물레 잣는 모습 뜬눈으로 뵌 적 없다
그래 제금난 아들손주 등잠 어르시듯
홀로는 내심
흉금의 너럭바위까지 물레 돌리시는
어머니 그 희끗한 머리털 아주 모르게
당신 곁 내 진득이 꿇앉은 놋쇠 자리끼 속만큼한
물굽이로 돌아쳤으니
이제도 정히 먹먹한 이 뜬눈으로
뜬눈으로 어머니 물레 잣는 모습 뵐 길 없다
내 어머니 손끝 물레
선잠 든 양볼에 깊이 와 얹히는 그 단내를

4부

새

가마우지 새떼들
갈수기의 강안 모랫벌을 떠나지 못한다
듬성듬성 털 빠진 목덜미를
핏빛 제 부리로 찍어누르는
발목 붙들린 지친 울음소리 네 안으로 잦아든다
몰아올 천둥과 비와 모래바람이 당도하기 앞서
그 울음이 짐짓
대하의 수로를 집어삼켰으니
백태 낀 혓바닥과 말라붙은 식도
텅 빈 내장 속까지
피래미 새끼 한 마리 비껴가지 못하리라

새란 새들은 온갖 구름들은

조용히 있지 못한다
그는 한시라도 나를 가만히 내버려두지 못한다
그는 지저귀는 새
그는 날아다니는 구름
그는
황야를 지키는 단 한 그루의 나무
거기 매달린 텅 빈 새조롱이다
해 지는 쪽으로
해 지는 쪽으로
새란 새들은 온갖 구름들은
그 조롱 속을 향하여 날아간다
세상의 온갖 열락 세상의 온갖 모욕들이
그 조롱 속을 향하여 바삐바삐 날아오른다
거칠 것 없는 욕설과 나뒹구는 물주전자
서서히 움트는 상처의 새살까지도
잠들지 못해 뒤척이는
뭇 별들의 밤을 기웃거리며
저토록 어둡고 텅 빈 새조롱을 향하여 날아가고 있다
무방비 상태의
내 벗은 몸 위로
천천히 덮쳐오는 거대한 물그림자
새소리가 기우뚱 쏟아진다
구름들이 덜컹거린다
그리하여 조종이 울리는 순간

사랑은 다시 시작된다
내 사랑! 그의 이름은 텅 빈 황야를 지키려는
헛된 드라마, 급전직하로 추락하는
이름 없는 詩다

아주 가벼운 웃음

가는 비 오는 아차산 중턱
새 한 마리 날아간다
무언지 서두르며 저토록 빠르게 날아가는 새의
발이 보이지 않는다
이웃 도림장 여관 옥상의
젖은 빨래들이 걷히기를 기다려
멀리 송전탑 너머 흐르는 저녁의 푸른 구름들
이윽고 발 없는 새의
투명한 내장 속을 스쳐지나듯
너무 오래
인생의 그런 순간에도
남겨진 시간은 입속의 면발처럼 서서히 부풀며
끊어지는 법
가는 비 오는 아차산 중턱 새 한 마리 날아가다
멎는

배음

밤의 북한강을 알고 있다
내가 찾는 강들은 언제나 그 물줄기를
밤으로 열어두고 있었던 것
나는 범람하는 강의 소용돌이를 찾아
내 인생의 뒤엉킨 실마리를
짧게 끊어 띄워보곤 했던 것이다
수문을 부술 듯 떠밀려내리는 흙탕물 속의
그 아래 더 깊이 유전되었을
어떤 숨가쁜 고요에 대해
폭우 뒤의 햇빛을 왁자하게 떠벌려보고 싶었던 것
물살에 실리어 자취를 지워버린 여러 주검과
한때는 그 주검 위에 실렸을
욕망의 저토록 미끄러운 부피!
그 물살로 빚은 밥알이 칼날처럼 벼려지며
내 목구멍을 하염없이 부풀리는 동안에도
강물은 일찍이 그 검푸른 아가리를 밤에서
밤으로 열어젖히고 있었던 것이다

여량에 저물다

저 먼 동녘 끝에서 바람은 불어오고 불어오고
오시에 떠난 나룻배를 쫓아
기우뚱거리며 쏟아지는 해 그림자
해원진언을 중얼거리는지
바람의 위 없는 오체투지가
보궁의 수마노탑 앞에서 또 잠시 머뭇거린다
단 한 번도 스스로는 열리지 않았던
꽝꽝한 마음 짓찢어
텅 빈 허공 텅 빈 세상 텅 빈 나루터 위에
흩뿌린다
그러는 사이 또 몇 겁
몇만 겁의 세월이 흘러갔는지
가을도 저무는 해거름녘에
옛뜰 위에 조붓한 무우수 잎새들
색색의 불끈한 행려의 속울음이 다가가서
쪽빛을 젖히며
청천의 새들 일제히 얼어붙는다

내 안의 짐승

그를 위해 썰어두었던 식탁 위의 편육 접시에
푸른곰팡이가 슬었다
찢어진 벨벳 커튼 뒤에서 고양이 암컷은
낮잠이 들었는지
풀먹인 듯 빳빳한 눈꺼풀 위로 정오의 햇빛이
그을음처럼 내려앉는다
이 고요의 정지된 힘이
내 안의 깊이 잠든 그를 흔들어 깨운다
미로 뒤에서, 출구를 찾지 못하는 둔탁한
비명소리를 나는 들었던가
생나무를 덧대어 완강히 못질해버린 그 집
낙수 홈통에서 흘러내리는 물소리에
귀기울이면
결빙음에 가까운 그의 울음소리에 닿을 수 있지
인간의 수정체로는 가 닿지 못하는 그곳
햇빛과 바람이 이슥고
육체의 벼랑을 삼켜버린 곳
폭설 비낀 산자락 이우는 햇빛 따라가면
흩어 뿌린 꽃잎 같은 핏방울 흔적, 집 나간
두 발 짐승의, 깊게 팬 발자국을 만날 수 있다

일몰을 몰아오는 새

바닷가에 새장을 내다 건다
바람 부는 날의 먹장구름의 속도로
귀납을 잊은 새들의 뇌수가
그 속으로 천천히 흘러들어간다
그들이 일몰을 몰아왔는지
창살의 푸른색 물결무늬가
금은이 뒤섞인 등황빛으로 헝클어진다
난바다에서 불어든
다급히 흘려 쓴 메모 쪽지 같은
갇힌 새 울음이
푸르고 붉은 숯덩어리 같은 저물녘 바다
마음의 사금파리 같은 일몰의 새장에 사로잡힐 때
방파제 틈새로 휩쓸린 시뻘건
미역줄기에 마른 버짐 같은 꽃이 핀다
버석거리는 백태의 소금밭을 지나
쩍쩍 울음의 고름주머니가 해수면을 끝 간 데 없이
뜯어발기는 칠흑의 낭떠러지 아래
제 몸을 벗어난 새 울음이
바닷가의 새장을 짓고 또 허문다

발걸음 뒤

어제 내린 대설주의보는 이 금빛 골짜기를 비켜간다
밤사이 내린 눈으로
몇몇 굵직굵직한 야생 소나무 가지가 어이없이
부러지기는 했지만
아침저녁으로 낮은 어스름 같은 안개가 들이받는
이 골짜기의 가드레일은
속속들이 흐드러진 들풀의 문양이다
봄이면 식물도감에도 없을
색색의 입김 같은 꽃송이들을 무한정 피워올릴
들풀의 가드레일
밤사이 휘몰아친 눈보라는
이 깊은 금빛 골짜기를 한 비탈 더 아래로,
아직은 메마른 들풀의 속대궁이를 제 어둠의
더 깊은 켯속으로 밀어보내겠지만
산그늘이 무실수들의 빈 가지를
설화로 덮쳐 흐르는 2월
또 한차례 미끄러지며 헛내딛는
서러운 발걸음 뒤
무르익는 한 무리 깨꽃 같은 산새 울음이
속절없이 자꾸만 높아져간다

누가 내 등을 떠밀었나

꽃피고 꽃 지는 새로 누가 떠밀었나
수미산 중턱 건다라산 그 동녘
부처의 시치미를 달고 염계의 악업을 씻어준다는
가릉빈가 한 쌍
늙은 봄밤의 비자나무숲을 날며 비끼며
더없는 묘음으로 울음 우는데, 저 소리
사람의 귓전에 꽃그늘로 드리우는 저 적묵
누가 내 등을 떠밀었나
저 적묵의 꽃그늘 새로 헐은 두 발이
차디찬 돌의 문비를 열고 들어간다
봄하늘 구름장 칸칸 막새기와 와르르 쏟아지며
납월납일을 울리는 인두조신(人頭鳥身)의 비파 소리
더 깊이 세상 속으로
색색의 꽃잎들 밤에서 밤으로 뒤척이는 소리

9월 바다는

9월 바다는 해안선조차 비명처럼 질푸르네
먹장구름이 바닷속으로 곤두박히네
흠뻑 젖어서
뒤따르던 물굽이가 멍처럼 굽어드는 바다
맹목의 사랑 열리지 않아
마음 안의 세월이 눈을 홉뜨고 뚫어보는 바다

비 오는 모래톱에 그림자도 없이
새들이 시누대 검은 잎사귀를 쉼없이 물어 나르고 있네

무거운 새

그는 이 세상 사람이 아니다
강나루 가을 창랑에 달빛서껀 앞지르던
눈물의 흰 복사뼈를 누가 보았다 하리
한아름 가을꽃 모가지를 마저 분질러
그 물색 무색토록 가리마 호젓한
시월 산그늘을 그러안듯이
그 길 떠나보내는 남은 자들의 수그린 이마
나직이는 민물의 살의처럼 차갑게 들앉던
해거름 산빛 저 오연한 물소리를 품었다
아니 품었었다 하리
제때 쓸려가지 못해
세월의 앞자락에 감기는 슬픔의 저 이합집산들
덮쳐든 어둠과 서둘며 야합하듯
흙탕물 날로 더하는 눈물의 갈라진 포석 틈으로
십수 년 청춘의 서슬 푸르렀을
강안의 저 늙은 회양목 가지
청천 하늘의
불안한 갈쿠리 손을 여지없이 부러뜨리며 가는
얼풀린 리기다 검붉은 구근 속의 잠
자욱이 무릎 쓸리며
여울목 쓰라린 날빛 속으로 서둘러 점멸하는
그러니 그가 이르려는 곳은 어디쯤인지
생때같은 저 가을 보리밭 굽은 속을 날아
하늘 무거운 새들

오늘도 여전히 강나루 가을길을 서성거린다

얼음꽃

얼어붙은 연못 속에는 물고기 한 마리 보이지 않는다
행락객들이 버리고 간 콜라캔 스티로폼
검은 비닐 봉다리들이 엉겨붙은 얼어붙은 물속에는
지난가을 잎 진 벚나무 잎사귀 몇 잎 수심처럼
잠겨 있다 더러운 물속으로 겨울하늘은 더이상
제 성마른 얼굴을 비쳐 보이지 않는다

바위를 휘감아오르던 줄사철나무 한 그루의 기억이
그를 사로잡는다 기억은 단단한 철사처럼 그의 심사를
늘 추억 쪽으로만 비끄러매는 것일까 텅 빈 나뭇가지에
깃들인 바람의 숨죽인 예불 소리는 명년 봄으로
휘어질 또 한줄기 시퍼런 섭생의 물소리는 아닐 것인가

탕감받을 수 없는 애증의 거울이 여기 있다 붐비는
눈발들, 귓전에 흐려지는 차가운 겨울 물소리 위에 떠서
캄캄한 옹벽인 듯 다가서는 그만큼 가로막히던 세월
얼어붙은 연못 속에는 서둘러 놓아버린 막막함, 채 꽃
피우지 못한

한 무리 서글픈 차륜의 희디흰 꽃무더기가 있다
햇빛에 얼음 속이 녹아서 생긴다는 얼음꽃!
세월의 거품이 생채기 생채기 나이테로 쌓여가서
그 서러움의 두께가 마침내 뿜어올린 한 다발 꽃!
얼어붙은 연못 속에는 우레 소리, 밤 깊도록

제 상처의 수심을 고누는 한겨울 멧새 울음이 숨어 있다

전등사, 눈

내리는 눈, 만상의 허물을 다독이는 듯
중얼 중얼중얼
세상 나무들 죄 헐은 마음의 안팎
웃자라 뾰족한 우듬지로부터
눈보라 벋어내리는 먼 옛적
새벽녘 사라수 새하얀 잎사귀에 서린
뭇 대덕들의 요란한 법륜 굴리는 소리
저 또한 눈 내리는 소리!
바람 구멍 성성한 늙은 나뭇가지들
또 피 나도록 물어뜯기리
퍼붓는 눈구름이 흠뻑 적시리
헐은 마음의 나머지 한쪽까지 너덜거리며
나무들 무릎걸음으로 기어 정족산 오르리
추녀 끝, 네 귀퉁이 귀면의
숭하게 빼내간 마음자리에
지키지 못한 언약들 부러진 한가운데를
걸어두리
대웅전 좌로 우로
푸릇푸릇 독 오른 업경대 동판 앞에
무릎들 꿇으리 머리 깊이 조아리리
삼키며 쏟으며 오롯이 들이켠 극약 같은 세월
만상을 휘덮던 저 눈보라
거칠 것 없이 붉은 살의 경전을 헤쳐 보이리

서호에서

천축에 이르른 사람 혜초를
영은사 불탑 그늘에서 만난다
그는, 여기 눌러앉고 싶은 마음 에둘러
한갓진 남쪽 해로를 택하여 갈령에 닿았으리
뱃전에 오르기 전에
소제(蘇堤)에서 바라보는 서호 물빛은
왕오천축국전, 중얼거리는 내 마음 속
오래되어 바스라진 경전 빛깔이다
일행이 서두르는 아침나절의
소슬한 여로를 밟고 흐르는 뱃머리 물살
오언율시로 물위에 뜬 약관의 마음이
홀로 서늘히 치닫는 천축산 꼭대기
신라 사람 혜초의 내토록 붉은 마음을
이곳에서 본다

우포 가는 길에

낡은 차 얻어 타고 우포 가는 길은
마음이 더 바빠 창녕군 유어면에서
이방면으로 내닫듯
붉은 지지미 치맛단 같은 깔깔한 낙동강 모랫벌이
어디선 듯 끊어지고

서둘며 저무는 해는 거기 떠서 지워지는
검은 쇠물닭 한 마리의
캄캄한 기울기로
우포늪, 앞질러 끊어진 길을 마저 덮친다

실은 마음 서둘며 오래전부터 찾아 헤매었으나
쥐죽은듯 고요한 이 늪지
희부옇게 흔들리는
이빨 자국 깊게 바람이 끊어낸 갈대 줄 부들
이방의 사람이 더 오래 머물 곳은 아니었다

만수위의 마음의 늪 위로
지도 위의 늪이 한꺼번에 무너져오듯
쪽배를 타고 늪의 더 깊은 안쪽으로 휩쓸려가면
저 애끓는 개구리밥 생이가래 속으로
보란 듯 비밀한 생의 간유리 저편의 세월이
만화경처럼 또다시 펼쳐질 것인가

아뜩한 여로,
거기 잇댄 허기가 비끄러매는 간이 횟집의
아직은 살아 시퍼런 대합조개
누런 고름덩어리 같은 조갯살 속이
저를 처맨 각질 밖으로
안간힘을 다해 빠져나오고 있다

내가 가는 곳은 어디인가

혼자 걷는 산길
해 떨어지기 무섭게
소나무 마른 가지에 힘이 실린다
지금은 다만 일체의 生이
제 그림자를 묵묵히 안으로 받아들이는 시간
어제 내린 잔설이
텅 빈 무거운 어깨 위에 내려앉기도 하는,
오래된 흑백영화의 무수히 커트된 환영 속처럼
소실점을 향해 치달았던 길의
끝이 보이지 않는다
어쩌면 검고 뾰죽뾰죽한 털외투를
머리끝까지 뒤집어쓴
우리들 늙고 게으른 길짐승의 태 속으로부터
어둠은 미끈덩거리며 쏟아져나온 것은 아닐까
미세한 돌기처럼 새 울음이
무수한 잔솔가지들을 어디론가 휘몰아가고
웅크려 앉은 흠뻑 젖은 산등성 위로
길의 끝이 단숨에 늑대별까지 날아오르는,
사람의 저무는 길이 함께 어두워져 보이지 않으니
저 멀리 인가의 불빛 몇 채
뭇 새의 깃털이듯 퍼덕이며 푸드덕거리며

문학동네포에지 059

적멸의 즐거움

1판 1쇄 발행 1999년 11월 2일 / 1판 2쇄 발행 1999년 12월 28일
2판 1쇄 발행 2022년 11월 21일

지은이 — 김명리
책임편집 — 김민정
편집 — 유성원 김동휘 권현승
표지 디자인 — 이기준 김하얀
본문 디자인 — 최미영
마케팅 — 정민호 이숙재 김도윤 한민아 정진아 이민경 정유선 김수인
브랜딩 — 함유지 함근아 김희숙 고보미 박민재 박진희 정승민
제작 — 강신은 김동욱 임현식
제작처 — 영신사

펴낸곳 — (주)문학동네
펴낸이 — 김소영
출판등록 — 1993년 10월 22일 제2003-000045호
주소 — 10881 경기도 파주시 회동길 210
전자우편 — editor@munhak.com
대표전화 — 031-955-8888 / 팩스 — 031-955-8855
문의전화 — 031-955-2696(마케팅), 031-955-8865(편집)
문학동네카페 — http://cafe.naver.com/mhdn
인스타그램 — @munhakdongne / 트위터 — @munhakdongne
북클럽문학동네 — http://bookclubmunhak.com

ISBN 978-89-546-9029-4 03810

www.munhak.com

문학동네